JN225039

私の名前は、ミーたん。知的障害者です。

桜 べん

文芸社

まえがき

定年を過ぎて初めて結婚をしたら、いきなり4人の子どもができました。その4人の子どもの3人目の娘が知的障害者でした。

その娘の名前がこの本の主人公「ミーたん」です。

ミーたんと一緒に生活をしていると、「障害者だから」という言葉を忘れることがあります。もちろん、しっかりと見守ってあげないといけませんが、「障害者だから」という視点を変えてみる必要があるように思えてくるのです。

この本を書くことにした理由は2つです。1つは、障害者のことを理解するきっかけになってほしいと思ったからです。ミーたんは、脳機能の障害を原因とする「自閉症」で知的障害があります（自閉症＝知的障害ではなく、その特徴はいろいろです）。そのため、ちょっと変わった行動ゆえに街中では過剰な反応を示される方がいます。仕方のないことではあると思いますが障害について理解されていたら、と思うのです。

２つ目は、「幸せ」をこんなふうに考えることで笑顔になる人が増えてくる。そうすれば、子育て中の親御さんの気持ちが楽になったり、優しさや思いやりのある行動ができる人が増えてくる。そんな世の中になってほしいと思ったからです。

そのような理由からミーたんの視点で文章を構成することにしました。ですので、「えっ、そうなの？」と思われる箇所もあろうかと思います。ミーたんは、そうは考えていないというところもあるかもしれません。そのあたりは、お許しいただければと思います。

まえがき

さて、この本はミーたんの自己紹介から始まっていますが、間もなくミーたんのエピソードをポエム風にした文章をベースに話が展開されていきます。すると、私がお伝えしたかった2つの理由がジワリジワリと感じていただけることと思います。

何はともあれ、ページをめくっていっていただけたら……嬉しいです。

目次

これまでのこと

私の名前は、ミーたん。知的障害者です。

自分で文章を考えたりすることはできません。私のお父さんがこの文章を書いています。

お父さんといっても本当のお父さんではありません。本当のお父さんは、私が小学生の時に病気で死んでしまいました。今のお父さんは、私が20歳を過ぎた頃にお母さんが再婚をしたので、お父さんになりました。

私が生まれてからしばらくは、普通の赤ん坊として育てられていたようです。自分で言うのも恥ずかしいですが、とってもとってもかわいい赤ん坊だったそうです。「だった」ではなく、今もとってもかわいい女の子です！　とってもとってもかわいい赤ん坊だったのですが、次第に行動などがちょっと違うなぁ、とお母さんたちは思ったようです。2歳だか、3歳の頃にお医者さんに診てもらったら「自閉症」という診断がされたようなんです。

後で触れるんだけど、自閉症といってもその特徴は人によってすごく幅が広くて私のような知的障害がある人ない人、行動面で極端な特徴のある人ない人、コミュニケーションがうまく取れる人取れない人など、人それぞれみたいです。だから、この本で書かれているのは私の場合であって、自閉症による障害がすべてこうなんだ、と思わないでくださいね。それに、自閉症以外にも似たような障害もあって、とにかく障害者っていろいろだと思っていてくださいね。

幼稚園では、私はとっても元気な園児さんでした。元気すぎて園内を走り回ったりしていました。そのため保育士さんたちには迷惑をかけてしまったと思います。きっとお友達からは「ミーたんって、変わっているね」と思われていたのでしょうね。そんな私でしたので、小学校からは特別支援学校に通うことになりました。

特別支援学校の先生たちは、私のような自閉症の子どもをたくさん見ているので、私も安心してピョンピョンと飛び跳ねたり、走り回ったりしていました。でも、今考えると、先生たちはそのたびに私が怪我をしないようにと私を追いかけていたんだと思います。先生って大変ですね。感謝、感謝です。

特別支援学校の高等部を卒業し、障害者の施設に通って数年経った頃にお母さんが今のお父さんと出会いました。お母さんは、本当のお父さんが死んでから私を含めて４人の子どもを育ててきました。とにかく私のようなピョンピョン・ガールもいたので、とってもとっても苦労して私たちを育ててくれていたと思います。睡眠時間を削れるだけ削って働いていたので、私はお母さんと一緒にいられる時間には甘えられるだけ甘えていました。たぶん、お母さんにとっては仕事の疲れ以上に疲れる時間だったのかもしれません。

そんなお母さんが今のお父さんと出会った頃、お母さんの頭には「再婚」という2文字はなかったようです。でも、私のお母さんは私から見ても素敵な女性なので、今のお父さんは「押して、押して、押して」お母さんに迫ったのです。お母さんもその「押し」に負けて、「再婚」という2文字が登場してしまったみたいです。

お母さんが再婚を考えなかった理由の1つが、私のような子どもがいることでした。「(今のお父さんに)迷惑をかけたくない」という思いがあったようです。今のお父さんも「自閉症の娘とうまくコミュニケーションがとれるだろうか」と心配していたそうです。そう、2人とも私の存在が壁になっていたのですね。でも、考えていてもしょうがないので、「とにかくミーたんと会ってみないと分からないから」ということで、3人でデートをすることにしたようです。

その頃の私は男の人が苦手でした。兄弟とか特定の人でないと手をつないだりすることはありませんでした。でも、今のお父さんと初めて会った時、なぜか自然と手をつなぐことができたのです。自分でも不思議でした。電車に乗って私の大好きなキャラクターがいるテーマパークに連れて行ってもらったりして楽しい1日を過ごしました。その後も、何度か3人でデートをしました。

2人にとっての壁を乗り越え、3人でのデートが当たり前になってからは、まずは一番上のお兄ちゃん、次にお姉ちゃん、最後に弟というように順番に会っていったようです。みんなは「お母さんが幸せになれるなら」という条件を付けていたみたいです。そんなふうに時間をかけてお母さんは再婚への道を固めていったようです。

今のお父さんは、私たちを迎えるために自宅をリフォームしてくれました。多くの動物は、オスがきれいな住まいづくりをしないとメスは首を縦に振らないようですね。オスって大変ですね。それはともかく、そのようにして、めでたくお母さんと今のお父さんは婚姻届を出すことになったのです。二人が結婚したので、これからは「今のお父さん」を「お父さん」と書くことにします。

お父さんの家に住むことになったので、私が働く作業所も変わることになりました。新しい作業所では、お父さんぐらいの先輩もいて娘のようにかわいがってくれています。スタッフの人たちも優しく作業の仕方を教えてくれています。知的障害者はたいしたことはできないと思うのは大間違いです。私は一度覚えたら忘れることはありません。作業は早くて、丁寧で、正確です。作業所に通い始めて5年以上経ちますが、作業所に仕事を卸している会社の方も私の仕事の正確さにはびっくりしているようです。後ほど私の能力の高さを紹介していきますので、知的障害者という今まで皆さんが考えていたイメージを塗り替えていってくださいね。

幸せになるための不思議な言葉

　私のお家では、毎日、「ありがとう」という言葉が飛び交います。お母さんが夕食を作っていると、お父さんは「毎日の夕食を考えるのは大変だよね。ありがとう」。お父さんが夕食後の片づけをすると、お母さんは「私がやるのに～、ありがとう」。私が洗濯物をたたむと、お母さんが「いつもきれいにたたんでくれて、ありがとう」。

　とにかく、ちょっとしたことでも「ありがとう」という言葉が出てきます。「ありがとう」という言葉にはニッコリ（笑顔）がついてきます。毎日がそんな感じなので、私は毎日が楽しくて二人の子どもになれて良かったなぁ、と思っています。「ありがとう」、たった5文字の言葉ですが、私はこの5文字の「ありがとう」は、幸せになる魔法の言葉だと思っています。

お父さんが、調べたことがあります。「ありがとう」は、元々「有り難い、有り難し」から「ありがとう」になったそうです。「輪廻転生」という言葉があるそうです。人間として生まれてきたのは、奇跡に近い、ほとんど有り得ないことだから「有り難い」「有り難う」「ありがとう」となったらしいです。

お母さんが、「ミーたんのような子どもと一緒に暮らすのは大変ですよね。本当に申し訳ないです」と、お父さんに何度となく言っていたことがありました。お父さんは、そのたびに「とんでもないですよ。ミーたんがいるから僕らは幸せなんですよ。ミーたんを見ているだけで元気が出るじゃないですか。ミーたんの存在はとってもありがたいことなんですよ」と言っていました。

私が自閉症となって生まれてきたのは、きっと神様がお母さんやお父さんに幸せになってもらうためだったんだなぁ、と思ったりします。あっ、お父さんがこんなことも言っていました。「3月9日は、ありがとうの日だよ。サンキュウ（3・9）だからね」。本当のようです。

お父さんが大切にしている言葉に「笑顔」があります。お父さんは「咲顔と書くんだ」と、やたらとこだわっています。「昔の人は、満開の桜の下で笑顔になった、だから桜が満開に咲くことで笑顔になるから『咲顔』と書くんだ」と言っています。私にとっては、「咲顔」でも「笑顔」でもどちらでもいいのですが、お母さんがちょっとニコッとするだけでお父さんは幸せを感じているようです。お母さんもお父さんの咲顔には咲顔で応えていますね。でも、そんな二人の咲顔を見ていると、私もニコニコになります。我が家にとって「咲顔」も、幸せになる魔法の言葉なんだと思います。

織田信長さん

昔、織田信長というスゴイ人がいたそうです。その信長さんが初めて黒人さんを見た時に、「なんで身体中に墨を塗ったりしているんだ。身体を洗ってきれいにしてこい！」と言って身体を洗わせたそうです。だけど、黒人さんはやはり黒いままでした。その時、信長さんは肌の色が黒い人もいるんだ、と思ったそうです。普通の人はそこで感心してしまうだけだけど、信長さんがスゴイのは、肌の色が自分たちと違うからと言って差別しないでその黒人さんの能力を見抜いて高い身分を与えたのです。信長さんが明智光秀という人に殺されてしまった時、その黒人さんは信長さんを助けようと頑張ったみたいです。きっとお互いを信頼していたんですね。

信長さんはとっても怖い人だと言われているようだけど、人を見る目や世の中の先を見る目も鋭かったみたいです。信長さんが生きていた時代は、戦国大名という人たちが争いをしていたみたいで、信長さんの登場によって国がまとまりつつあったようですね。信長さんは、光秀さんに殺されてしまったけど、その後、豊臣秀吉さんと徳川家康さんという人がバトンをつなぎました。そして、家康さんの子どもたちが代々引き継ぎ、太平の江戸時代が長く続きました。

幕末とか明治維新と言われる時代にも坂本龍馬さんとか1万円札にもなった渋沢栄一さんといった人たちが活躍したそうです。「変化する時代には必要な人たちが必ず出てくるんだよね」、とお父さんが言っていました。お父さんは、いろいろな場面で私の良さを見つけてくれます。

織田信長さん

信長さんが黒人さんを差別しなかったように、お父さんは障害者のことを差別したりすることはありません。こんなことも言っています。

「必要のない人なんていないんだよ。誰もが何らかの役割を持って生まれてくるんだ。ミーたんは、お母さんやお父さんの幸せにとって絶対に必要な人だよ。それに、障害者だからといって何もできないなんてことはないじゃないか。ミーたんは、僕にはできないことを平気でこなすこともできるよね。世の中にはいろいろな障害者がいて、僕らが考えられない能力を発揮している人もいるよ。確かに、見た目、行動が変わっていたりして変な目で見られることもある。でも、それは障害者のことをよく分かっていないからだと思う。多くの人は自分を中心に考えてしまうから、自分と違った容姿や考え方を認めたがらない。それは、心に余裕がないからなのかもしれない。あるいは〝知らない〟ということが大きいのかもしれない。ＬＧＢＴといった言葉も今では普通に使われるようになってきたように、時代の変化によって人々の考え方も変わってくる。徐々にだとは思うけど障害者についての理解も広まるといいね」と。

自閉症って？

ここで「自閉症」についてお話ししておきますね。

自閉症は、脳の機能に障害があるため、コミュニケーションがうまく取れなかったりします。その障害の表れ方は人それぞれなので気が付かないこともあるようです。それから、高機能自閉症とかアスペルガー症候群というのもあって、みんな特徴が似ているからみんなまとめて「自閉症スペクトラム（ＡＳＤ）」と呼んでいるようです。特徴が似ているので、専門の先生でも診断は難しいみたいです。さらに、ＬＤ（学習障害）とかＡＤＨＤ（注意欠陥多動性障害）という障害もあり、全部まとめて「発達障害」と言っているようです。

ところで、こうした障害のある人がどのくらいいるのかをお父さんが内閣府のホームページで調べたことがあります。「人口千人当たりの人数でみると、身体障害者は34人、知的障害者は9人、精神障害者は33人となる。複数の障害を併せ持つ者もいるため、単純な合計にはならないものの、国民のおよそ7・6％が何らかの障害を有していることになる」（令和3年版「障害者白書」）とあったそうです。

この人数が多いのか少ないのか、私には分かりません。でも、お父さんは、

「障害者は見た目、行動などで分かるけど、小さな障害ならば誰でも何かしらあると思うよ。僕だって赤緑色弱で赤と緑の区別がはっきりしないことがあり、子どもの頃から苦労してきたよ。例えば、地理の授業は

嫌いだった。地図帳は緑色系の濃さで高低差を表していたので微妙な違いを区別できなかった。ゴルフ場ではグリーンにあるピンの旗が赤だったりすると周りの木々の緑色と同化してしまって、仲間に『グリーンはどこにある？』と聞くことがある。最も困ったのは、職業選択の自由というと大げさかもしれないけれど子どもの頃から自分の進路には制限があると思っていた。理科系の職業は色の識別ができないといけないことが多いから文科系の仕事を考えるしかなかった。それに、僕の見ている景色と他の人が見ている景色はきっと違っている。秋になってみんなが『素敵な紅葉だね』と言っていても僕にはそんな感激はなかった。障害のことで言うと、僕の場合は色弱だったけど、生活にはそれほど大きな支障はなかった。でも、障害者の人たちは何らかのサポートが必要だ。このことは、きちんと理解しておかないといけないことだよね。10人いれば10人とも違う、１０００人いれば１０００人とも違う。同じ人なんていないのだから。障害者のことをよく理解しないで、見た目や行動で差別してしまうのは問題だよね。誰もが、それぞれの違いを理解し、尊重し合うことが大切なことだよ」なんて言っていた。

それでは、どんなふうに他の人たちと違うのかというと、私の場合はこんな感じです。1つ目、こだわりが強い。例えば、いつもと違うことをされると、つい大きな声を出してしまい、いつも通りにしないと気が済まない。2つ目、ピョンピョンと飛び跳ねてしまう。これ、周りの人はビックリされるようだけど、意外に気持ちがいい。3つ目、突然大きな声を出したり、独り言を言ってしまう。これはお母さんのストレスの原因にもなるようです。私は気にしないで独り言を言ったりしていますが、街を歩いていたり、乗り物に乗っている時にこれが出ると、周りの人が「えっ?」と振り返って変な顔をされてしまうからです。4つ目、空中に私だけしか分からない文字を書く。文字を書くと言っても書くような動きをしているということです。他にもあるけれど、このあたりが私の大きな特徴かもしれません。

この他にも変わった行動と思われることがたくさんあるので、お父さんが私の行動を見てポエムっぽい形で短い文章を作ってくれました。私への愛情が感じられる文章なので、とっても気に入っています。皆さんも気に入ってくれると嬉しいな。

それでは、私の特徴や意外な能力について紹介していきますね。

上善如水（じょうぜん　みずのごとし）

まず初めに、私が虫歯になって、歯医者さんに診てもらった頃の話から始めることにします。誰でも歯医者さんに治療をしてもらうとき少しはドキドキしてしまうと思います。でも、私の場合、ドキドキのレベルではないのです。どんなレベルかっていうと、それはこのあとの文章を読んでもらうと分かりますよ。

他の人たちとの違いはいろいろあるけれど、お医者さんにかかるときにも苦労があることを知ってもらえたら嬉しいな。

ミーたんは、少し変わったところがあります。
でも、本当は「天使」なんです。

ある日のことです。
ミーたんは、奥歯が気になって仕方がありません。
お母さんが、口の中を見てみました。
どうやら、虫歯のようです。
障害者の人たちを治療する専門の病院に行くことになりました。
ミーたんは、病院の中にあるたくさんの医療器具が気になってしまいます。
いつもと違う、特に知らないものがた

くさんあると怖いのです。
怖くてお母さんの声も耳に入ってきません。
椅子に座って口の中を診てもらうこともできません。
そこで、日を改めて全身麻酔を使って治療することになりました。

治療の日がやってきました。
ミーたんは、朝ご飯を食べずにお母さんと病院です。
「奥歯、奥歯。ゴロン、できる」
お母さんから、「ゴロン、できますか?」と言われていたのです。
治療室には、ミーたんの周りにたくさんの人がいました。
歯医者さん、麻酔の先生、歯科衛生士さんなどです。
ミーたんは、「ゴロン、できる。ゴロン、できる」
と、自分に勇気を与えています。

でも、怖いので動き回ろうとしてしまいます。
少し落ち着いた時、ミーたんの腕に麻酔注射の針が刺さりました。
間もなく麻酔が効いてきて、たくさんの人に支えられながら眠りに入りました。
お母さんは、治療とはいえ、スーッと眠りに入るミーたんをかわいそうに思いました。

3時間ほどかかった治療が終わりましたが、まだまだ麻酔は効いています。
お母さんは、ミーたんの寝ているベッドの横で、ずっとミーたんを見ています。
スヤスヤと寝ている姿に、「ミーたんは、私の天使ね」とお母さんは思いました。

麻酔も切れて、お母さんと帰宅です。
ミーたんは、何事もなかったようにお母さんと手をつなぎます。
タタタタ タ～

お父さんは、こんなポエム風の作品を作りました。お父さんもお母さんも、私のことを「天使」と思うことがあるようです。私は、とってもかわいいですが、それだけではありません。お父さんとお母さんの心をつなぐキューピットでもあるのです。2人にとって私のいない生活はありえないと思います。2人とも仕事やパートをしていますが、それ以外の時間の多くは私とお母さんとお父さんの3人の時間になります。私を1人にしておくことができないという理由もありますが、私といるだけで元気をもらえたり、幸せを感じることがあるようなんです。そういうわけで、このポエム風の文章の中では私のことを「ちょっと変わった天使」と表現したようです。

私は、自分の身体の状態を周りの人にちゃんと伝えることができません。だから、お母さんたちは、私のちょっとした変化を見てお医者さんに連れていくことになります。この時は、歯医者さんでした。私のように知らない環境に置かれることに恐怖感を覚えたりする障害者は、街の歯医者さんで診てもらうのは難しいのです。そこで、障害者を専門とする病院に行って診てもらうことになります。

歯医者さんには見たことのないものがいっぱいあります。だから、私は何か恐ろしいことをされてしまうのではないかと心配になってしまいます。お母さんがそばにいてくれてもやはり怖いのです。初めてこの病院に行った時には、超警戒モードで部屋や診療器具などをひとつひとつチェックをしていきました。歯医者さんの前に座るのも怖かったので、お母さんがすぐそばの椅子に座って、「ミーたん、大丈夫だよ」と何度も声をかけてくれました。ちょっと時間がかかりましたが、診察するための椅子に座ることができました。それでも、ゴロンして口の中を診てもらうなんてとても怖くてできませんでした。歯医者さんの前で座るのがやっとのことでした。それでは治療にはならないので、次に診てもらう時には麻酔をかけて眠っている間に治療をしてもらうことになったのです。

2度目にその病院に行った時には、少し慣れてきたのでちょっと怖かったですが、治療のための椅子に座ることができました。でも、やはりゴロンすることはできないのです。とっても怖いからです。椅子に座っていたら、いつの間にか注射をされて、気がついたら眠ってしまいました。目が覚めた時には、治療が終わっていました。ベッドの横には、お母さんがいました。お父さんもいましたが、やはり、お母さんがそばにいると安心します。治療が終わってから目が覚めるまで1時間以上経っていたみたいですが、お母さんもお父さんもずっと私のかわいい寝顔を見ていたみたいです。

その後、何度かその病院に行って診てもらいました。最初は、歯医者さんの前に座れるようになること。その後は、ゴロンして歯のチェックや口腔ケアを少しずつできるようになること。そんなことを繰り返していったので、街の歯医者さんでも診てもらえるようになりました。今では、街の歯医者さんでいつものことのように虫歯のチェックや口腔ケアをしてもらっています。

誰でもそうだと思いますが、初めてのことをするには「壁」があります。その「壁」が低くて難なく次のステップに進める人もいれば、私のように常に高い「壁」があって乗り越えていくのに時間がかかる人もいます。障害者の中でもその「壁」がちょっとだけ高い人もいれば、すご～く高い人もいます。一人ひとり障害には違いがあることを知ってほしいと思います。

「上善水の如し」。お父さんが大好きなお酒のことではありませんよ。今から2600年くらい前、中国にいただろうとされる「老子」という人の言葉だそうです。「最も良い生き方というのは、水のように生きることだ」という意味みたいです。水は高いところから低いところへと流れていきます。水が高い山を登っていくなんて聞いたことがありません。例えば、山に降った雨は、自然の地形に逆らうことなく海へと流れていきます。山を下っていく中で木々や土地に多くの栄養分などの恵みをもたらしてくれます。地面にしみこんでいった水、「伏流水」というそうですが、何年もの時間をかけてミネラル分が豊富なおいしい水を私たちに提供してくれます。

そう、水は、常に下に向かっていくだけです。自然の成り行きに身を任せるだけです。その結果、私たちに様々な恵みを与えてくれるのです。だからといって、水は常に穏やかで弱い存在なのかというとそうではありません。人間が自然を破壊していると、濁流となって私たちに被害を与えることもあります。それから、何百年、何千年とかけて鍾乳洞などを作ったりもします。長い長い時間をかけて形が出来上がっていくんですね。

私は自閉症のため、新しいことをすぐに受け入れることができません。歯医者さんで診てもらうことも最初はできませんでした。でも、ひとつひとつ課題をクリアさせてもらったおかげで今では街の歯医者さんでも診てもらうことができるようになりました。たぶん、無理矢理に歯医者さんの椅子に座らされたりしていたら、「ギャー」と暴れて、一生歯医者さんには行かなくなっていたかもしれません。

小さい時から優れた能力を発揮する人もいれば、「大器晩成」と言うんでしたっけ、ある程度の年齢になってから潜在能力を開花させる人もいます。私は、小さい頃はよくピョンピョンと飛び跳ね、走り回っていました。でも、今では、たまにお家の中で嬉しくてピョンピョンすることはありますが、外で走り回ったりすることはなくなりました。少しずつですが、私も成長しているんです。十人十色、千人千色、みんな違うのだからお互いを認め合うことが大切ですよね。

それから、障害者は何もできないと思っている人もいるかもしれませんが、そんなことはありません。次に紹介するお父さんのポエム風の文章は、私のちょっとした能力のことです。

孟子さんと荀子さん

ミーたんは、少し変わったところがあります。
でも、本当は「天使」なんです。

ある日のことです。
いつものように、作業所でのお仕事のことです。
でも、今日は新しい作業をしなければいけません。
作業所の先生がお手本を見せてくれます。
ミーたんは、じーっと先生の手の動きを観察しています。

ああやって、こうやって、それから、こうして、ああして。
実は、先生も初めてだったので何度も練習をしていたそうです。

さあ、ミーたんが作業を始めます。
ああやって、こうやって、
うーん、ちょっと考えます。
それから、こうして、ああして。

ミーたんは、すぐに作業を覚えてしまいました。
ミーたんは、見て覚えるのがすごく得意なのです。
そして、記憶力もとってもいいのです。

作業所の先生がぶつぶつと何か言っています。

「僕はあんなに苦労して覚えたのに………」

ミーたんは、今日も笑顔で仕事をしています。

タタタタ タ～

この文章は、ちょっと脚色をしているようです。「作業所の先生がぶつぶつと何か言っています。僕はあんなに苦労して覚えたのに……」という箇所です。作業所の先生がどのくらい練習をしたかは分かりませんが、ちょっと複雑な作業でした。例えば、お父さんは、そこそこ歳をとってきたため記憶力に自信がなくなったので、このような作業には向きません。若い人でもちょっと難しいかもしれません。私の大好きな作業所の若いお姉さん先生でも、少し時間をかけて覚えたようです。でも、私は新しいことを覚える時は、集中力と観察力を総動員してあっという間に覚えることができます。しかも、早くて正確で丁寧に、です。なので、今では作業所でやっている仕事は完璧です。

本当に思っているかは分かりませんが、作業所のチーフ先生は、「ミーたんがいないと、仕事が進まない。ミーたんは、うちの作業所のエースだよ」と褒めてくれます。褒めてくれると嬉しいですよね。だから、私は作業所での仕事が大好きです。

以前、私のお兄ちゃんの娘さん、姪っ子ちゃんですね。そろそろ4歳になろうとしていた頃だった思いますが、お家に泊まりに来た時のことです。お兄ちゃんの奥さんが教育熱心で言葉を覚えさせるための絵本を持ってきました。その絵本は、「あいうえお　かきくけこ……」の順に面白い言葉が紹介され、しかもリズム感の良い言葉遊びの本でした。姪っ子ちゃんが楽しそうに声を出して読んでいたので、私も読みたくなって貸してもらいました。2～3回読んだら、だいたい覚えてしまいましたお父さんは、楽しそうに私がその絵本を声を出して読んでいたので、私のためにその本を買っていつでも読めるようにしてくれました。でも、私は、今でも「あいうえお」の順に言葉遊びを声を出して言えるので、お父さんが買ってくれた新しい絵本の出番はなくなってしまいました。

孟子さんと荀子さん

はるか昔の中国に、孟子さんと荀子さんという人がいたそうです。孟子さんは「性善説」、荀子さんは「性悪説」というのを考えたそうです。なんとなく、「生まれた時から良い人は良い、悪い人は悪い」というようなイメージになってしまいそうですが、実は違うみたいです。孟子さんは、「人はもともと良い性質を持っているので、その良いところを伸ばしてあげましょう」と考えたそうです。荀子さんは、「人はもともと悪い性質を持っているけれど、そこをコントロールしてあげればいいんだよ」と考えたそうです。つまり、人はもともと良いところもあれば、悪いところもある、だから、良いところを伸ばしてあげれば「善人」になれるし、悪いところをコントロールしておかないと「悪人」になってしまう、ということで二人とも結局は同じことを言っていたようなんです。

私は、「自閉症」なので、急にピョンピョンと飛び跳ねたり、周りの人からはビックリするような行動をとっていたりして、変な目で見られることがあります。でも、お母さんもお父さんも、私のこの自閉症という特徴を理解してくれています。そして、何よりも私のことを愛してくれています。周りの人がビックリするようなことをすると叱ってくれます。愛情を持って優しく叱ってくれます。何かできれば、ちょっとオーバー気味に褒めてくれます。だから、やる気が出てお手伝いとかなんでもやろうと思ってしまいます。作業所で仕事のエースになってきたのも、作業所の先生たちが私のことを理解し、できた時にはちゃんと褒めて、私のことを認めてくれているからだと思います。孟子さんや荀子さんが言っていた「性善説」「性悪説」、奥が深そうですが、大切な考え方ですね。

さて、次もお父さんのポエム風文章から始まります。またしても、私のちょっとした能力の紹介です。自慢ではないですが、こう見えても ビックリする能力が私にはたくさんあるんですよ。お父さんは、そんな私の能力にビックリしたり、褒めてくれたり、こうして紹介してくれたりします。だから、私はお父さんのことが大好きなんです。

スライドパズル

ミーたんは、少し変わったところがあります。
でも、本当は「天使」なんです。

ある日のことです。
お母さんが、スライドパズルに四苦八苦しています。
絵が描かれている9つのピースを動かして絵を完成させるというパズルです。
たった9枚のピースを動かすだけなのですが、できそうでできないでいます。

お母さんの隣では、ミーたんがタブレットで音楽を聴いています。

お母さんは、パズルが完成できず、ついに降参です。


お母さんが、ミーたんに「このパズル、できる？」と聞きました。

ミーたんは、とても素直なので、すぐにパズルを受け取りました。

ミーたんは、チャッ、チャッとピースを動かし始めました。

あれよあれよという間に
「はい、できた」

お母さんは、びっくりです。
ミーたんは、チャッ、チャッ、チャーッ
と絵を完成させてしまったのです。

そんなお母さんのビックリした様子をよそに、ミーたんは、何事もなかったようにタブレットの音楽をまた聴き始めています。

お母さんは、ミーたんのこうした能力に驚かされることがあります。でも、ミーたんは当たり前のようにこなしてしまうのです。

今日もいつものように、スーパーミーたんは、

タタタタ タ～

スライドパズルって知っていますか？　正方形の枠の中にキャラクターなどの絵が描かれた9つのピースがあります。そのうちの1つを抜き取ったところで8つのピースを適当に動かすとキャラクーの絵がぐ

ちゃぐちゃになります。そのぐちゃぐちゃになったのを元にもどして完成させるというものです。９つのピースの他に、４×４の16ピースや５×５の25ピースのものなどもあるようです。９つのピースだと簡単なはずですが、お母さんにとってはちょっと難しかったみたいです。でも、私は、チャッ、チャッ、チャーッとピースを動かしていくと、元のキャラクターの絵にすることができたのです。たぶん、私の頭の中で完成されたキャラクターの絵が描かれているんです。そして、ぐちゃぐちゃにされた不揃いの状態が嫌なのだと思います。作業所での仕事でも、部品などがきれいに並べられていないと嫌だし、部品が上下逆に置かれてしまっていたりするのも嫌なので直します。だから、私の仕事は正確で丁寧だと言われているみたいですね。これも自閉症のこだわりの１つなのかもしれません。こだわりと言うとマイナスイメージになってしまうかもしれません。でも、見方を変えればプラスの能力ですよね。障害者のそうしたプラス能力を引き出し、活用していくと障害者にとっても社会にとっても良いことになります。このように障害者のマイナスと思えるような行為をプラスと考え、その能力を引き出していくことは、とても大切な考え方だと思います。

能力と言えば、お父さんが感心したことが2つあります。1つはジグソーパズルです。私は、300ピースぐらいのジグソーパズルならば、1〜2時間で完成させることができます。ある時、私がジグソーパズルに挑戦していたら、脇からお父さんが私の様子を見ていたのです。私は、四隅のピースと周りの部分のピースを見つけてから始めていきます。なぜならば、四隅にある4つのピースは2カ所がまっすぐで、周りの部分のピースは1カ所が必ずまっすぐになっているからです。周りの部分から作っていき、少しずつ内側に向かって作っていけばそんなに時間をかけることもないのです。

お父さんたちはピースを取っては、「どのあたりかなぁ」とやっているようですが、それだと時間ばかりかかってしまいますね。私のこのやり方は、誰かに教わったわけではないけど、とってもいいやり方だと思いませんか？　お父さんは私のこのやり方を見て、「ミーたん、すごいねぇ。僕は考えたこともなかったよ！」と驚いていました。そして、私のことを改めて考え直したようです。

それから、布団カバーのかけ方です。掛け布団には四隅と長い方の真ん中あたりに輪っかが付けてあり、布団カバーには、その輪っかに結べるようにひもがついていますよね。お父さんは、布団カバーの中に潜り込むようにして結んでいたようです。私のやり方はこうです。まず、布団カバーをひっくり返して裏表にします。次にファスナーのない側の隅の輪っかと中央部分の輪っか、合わせて3カ所を結びます。そして、カバーをひっくり返して表に戻し、ファスナー側のひもを布団の輪っかに結び付けながらファスナーを閉じれば、ばっちりです。お父さんがこのやり方を観察していたようで、「ミーたん、すごいよ！　僕にはカバーをひっくり返すような発想はできなかったよ。すごい。すごい」と言って、お母さんにも報告していました。

お父さんは、それ以後、いつもこのやり方で掛け布団に布団カバーをかけています。えっ、お父さんがやっているのか、ですか？　はい、掛け布団を始め、枕カバー、ベッドのカバーの付け替えはお父さんの役割なんです。そもそも、お母さんは雑なところがあってお母さんがやったら何時間かかるか分かりませんから。

私の素晴らしい能力を紹介してきましたが、今度は、皆さんもたまに街中で見かけていると思う「ヘルプマーク」にまつわる話を紹介しますね。

ヘルプマーク

ミーたんは、少し変わったところがあります。
でも、本当は「天使」なんです。

ある日のことです。
ミーたんは、お母さんと一緒に電車の中にいます。
少し離れたところに小学校低学年ぐらいの子どもたちとお母さんたちがいます。
ミーたんが突然、「ステーキ、ステーキ。ステーキ食べる」

と、声を出しました。
きっと、お母さんがお友達とステーキの話をしていたのを思い出したのですね。
ミーたんは、ステーキを想像しながらニコニコとしています。
その様子を見ていた小学生たちが不思議そうな顔をしました。
小学生のお母さんの一人が、子どもたちを見て、「しーっ、しーっ」。
ミーたんのお母さんは、そのお母さんを見て、少し悲しくなりました。

でも、こんな時もありました。
ミーたんは、出かける時には、赤い「ヘルプマーク」を首からぶら下げます。
赤地に白の十字とハートのマークがあるカードで障害があることが分かります。

やはり、ミーたんがお母さんと電車に乗った時です。
電車の中は、少し混んでいたので座ることはできません。
その時です。
座っていた初老のご夫婦が赤い「ヘルプマーク」に気がつきました。
初老のご夫婦は、ミーたんに「座りませんか？」と声をかけてくれました。
ミーたんは、少し変わったところがありますが、身体は元気です。
ミーたんのお母さんは、
「ありがとうございます。でも、大丈夫ですよ」
と初老のご夫婦に伝えました。
ミーたんも、「ありがとう」と言いながらニコニコしています。
初老のご夫婦も、ミーたんの笑顔でニッコリとされました。
お母さんは、とても幸せな気分になりました。

ミーたんは、出かける時には、必ず「赤、赤」と言って首からぶら下げて行きます。これからも、ミーたんは、赤い「ヘルプマーク」をしてニコニコと出かけます。

タタタタ タ～

「ヘルプマーク」は、私たち障害者だけでなく、外見では分からなくても援助や配慮を必要としている人たちにも配布されています。私は、外出する時には必ず後ろは背負っているリュックに、前は首からぶら下げて、前からでも後ろからでも分かるようにしています。私は、ちょっと見ただけでは、ただのとってもかわいい女の子ですから、「ヘルプマー

ク」をぶら下げていないと障害者だとは分からないと思います。でも、突然、何かを思い出して声を出してしまったり、大きな声で笑ってしまうことがあります。「ヘルプマーク」があると障害者だと分かってはくれますが、おかしな人扱いで見られてしまいます。お母さんは、周囲の人からそんな視線を感じると私と一緒にいるのが恥ずかしいと思ってしまうことがあるようです。お父さんは、「恥ずかしがることなんかないよ。そんなふうな目で見る方がおかしいんだよ」と言って、私と手をつないで堂々と歩いてくれます。ただ、私とお父さんが手をつないでいると、「いい歳をした爺さんが、若い女の子を……」なんて思われてしまっているかもしれませんが……。

私を見る目も人それぞれですね。初老のご夫婦の言葉には、お母さんは、思わず涙が出てきそうだったみたいです。ご自身たちも座っていた方が楽なはずなのに「ヘルプマーク」を見て「座りませんか?」と声をかけられるのは、人を大切にする心があるからだと思います。きっと幸せな夫婦生活を送られているのかなぁ、と想像してしまいます。

幸せな夫婦生活と言えば、お母さんとお父さんもとっても幸せな生活をしていると思います。お母さんは少しわがままなところがありますが、お父さんはそのわがままを楽しそうに受け入れています。お母さんは、そんなお父さんにわがままを言いながらやはり楽しんでいるみたいです。そう言えば、二人ともことあるごとに「一緒になって、とっても幸せですよ」と言っていますね。だから、私も毎日が幸せなんです。

私たち障害者のことを見る目は人それぞれですね。だから、もっと障害者のことを理解してほしいと思うことがあるし、「ヘルプマーク」というものを多くの人に知ってほしいと思います。

街を歩いているとこんな光景をしばしば見かけます。横断歩道の手前で、車が歩行者が横断し終わるのを待っています。ところが、歩行者は車のことを気にもせずにのんびりと歩いています。それを見てお父さんは、「車が待っていてくれているのに、なんでそんなにのんびりと歩けるのかなぁ」と言ってしまいます。お母さんは、その言葉を聞いて、「いろいろな人がいますからねぇ」。私たち家族は、横断歩道を渡る際に車が待っていてくれると小走りで渡ります。それが、待っていてくれる車の運転手さんへのマナーだと思っているからです。お年寄りや身体の不自由な方が横断歩道などを渡る時には、「焦らずにゆっくり、安全に渡ってくださいね」と思うけど、若くて健康そうな人が「横断歩道をどう渡ろうが自由だろ」みたいにのんびりしていたり、スマホに夢中になって歩いているのはどうなのかなぁ、と思ってしまいます。人それぞれではありますが、誰もが相手のことを考えて行動すれば、きっと素敵な世の中になると思うなぁ。

お母さんと私

そろそろ、お父さんがポエム風の文章を書くきっかけとなった出来事を紹介しますね。

お母さんはお父さんと一緒になる前は、一人で私たち4人の子どもを育てなければいけませんでした。朝はこの仕事、昼はあっちの仕事、夜はあそこで仕事というように、朝から夜まで働いていました。その合間に子育てをするという感じで15年近く頑張っていたのです。今は睡眠時間もしっかりと取れ、規則正しい生活ができていますが、その頃は不規則な毎日が続いていたのです。でも、その大変さを人に話すこともできないでいました。

　お母さんの一生懸命に働いている姿を気に入ってくれた職場のお仲間が、「いい人がいるから一度会ってみませんか？」と声をかけてくれたそうです。そう、お父さんのことです。その頃、お母さんは老人介護の仕事もしていたので、初めてお父さんと会った時にお年寄りの方々との話もしたようです。お父さんは、「お年寄りの方々に寄り添う姿を想像して、この人とお付き合いをしたいと思った」と言っています。でも、本当は、美人で可愛らしいお母さんにひとめ惚れしたんだと思います。

　そんな二人の馴れ初めはともかく、二人が付き合い始めて少し経った頃にお母さんは、自閉症の私のちょっとした優しさについて話したみたいです。お父さんは、その話を聞いて、「こんな素敵な話は、他の人たちにも伝えなきゃ」と思い立ち、ポエム風の文章を書き始めたみたいです。

ミーたんは、少し変わったところがあります。
でも、本当は「天使」なんです。

ある日のことです。
お母さんが一人で泣いていました。
きっととてもつらいことがあったのですね。

ふと、お母さんの背中に温かいものを感じました。
「大丈夫、大丈夫。泣かない、泣かない」
お母さんが振り向くと、そこにはミーたんの笑顔がありました。

お母さんも笑顔になりました。
「ミーたん、ありがとう」

気がつくと、ミーたんは、お母さんのそばからいなくなっていました。
タタタタ タ～

どうですか？　私ってとってもかわいいところがあるでしょ？　こうした私のエピソードを聞いてしまったので、お父さんは私の様子を何げなく観察していて素敵な文章を書くようになりました。お母さんからこの話を聞いていなかったら、お父さんが文章を書き始めることはなかったかもしれません。きっかけって大切なんだな、と思いました。でも、私はお父さんの書く文章を気に入っています。私自身が気づかなかったところを意外にも発見してくれているからです。

皆さんは、「自閉症」と聞いてどのような人たちのことを想像しますか？　自分の世界に閉じこもってしまう人を想像しますか？　お父さんが東京都自閉症協会というところのホームページで調べたら「自ら心を閉ざしている病気ではありません」とあったそうです。確かに私もタブレットで音楽を聴いていると自分の世界に閉じこもっているように見えるかもしれません。でも、私はそういう時にもお母さんやお父さんの会話をしっかりと聞いています。特に食べ物の会話は最大のチェック事項なんです。例えば、お母さんたちの会話からお寿司の話が出たら、その後、私はお母さんに「お寿司、食べる。お寿司、食べる」と何度も繰り返します。私がしつこく繰り返し言っていると、本当はお寿司を食べる予定ではなかったとしても、夕食にお寿司が並ぶことになります。

お父さんは、お仕事でパソコンに向き合うとお母さんの声が聞こえなくなってしまいます。すると、お母さんの怒りの言葉がお父さんにぶつかります。お父さんは、「仕事をしていて、全然気がつかなかったよ。

ごめんなさい」と、何度もお母さんに謝ることになるのです。お父さんは、仕事に集中すると自分の世界に閉じこもってしまいます。お父さんだけでなく、仕事以外でも何かに夢中になると周りのことが分からなくなってしまう人っていますよね。だから、「自閉症」という言葉で先入観を持たないで欲しいな、と思います。確かに、突然、一人笑いなどをして周りの人をびっくりさせてしまうこともありますよ。でも、私はお母さんやお父さんとお出かけをしたり、作業所の人たちとイベントに参加するのが大好きです。誰しも個性があるので、その一部分だけで判断してしまうのは良くないですよね。

お父さんの好きな言葉に「馬には乗ってみよ。人には添うてみよ」というのがあります。馬の良し悪しは乗ってみなければ分からない。それと同じで、人を見た目で判断してはいけない、といった意味だそうです。一見怖そうな人でもとっても優しかったり、優しそうに思えた人が悪いことをしていたりすることがありますよね。自閉症に限らず、障害のある人たちのことを見た目で判断するのではなく、ちゃんと寄り添ってから判断をしてほしいと思っています。

スポーツ大会

私が通っている作業所は、いろいろなイベントを企画したり、外部のイベントに参加したりしてくれます。作業所でのお仕事も楽しいですが、イベントはそれ以上に楽しいです。私は身体を動かすことが大好きなので、スポーツ大会などがあれば張り切ってしまいます。この後に紹介するお父さんのポエム風の文章は、東京都が主催するスポーツ大会と地域の自治体が主催するスポーツ大会でのことです。まずは東京都のスポーツ大会での私の活躍ぶりを想像してみてください。

ミーたんは、少し変わったところがあります。
でも、本当は「天使」なんです。

ある日のことです。
ミーたんは、陸上競技場のフィールドの中にいます。
円盤を持って、「エイッ！」

今日は、東京都障害者スポーツ大会の日です。
ミーたんは、フライングディスク競技に出場しています。
5メートルほど先の輪の中に円盤を入れるという競技です。
10回投げることができますが、なかなか輪の中に入りません。
ミーたんは、この日のために作業所で練習をしてきました。

スポーツ大会

練習の甲斐があって、3回輪の中に入れることができました。
8人の中で3番目でした。
表彰台に上がって、役員の方から銅メダルをかけていただきました。

陸上競技場では、100メートル走や立ち幅跳びなど、みんな頑張っていました。
ミーたんも競技をしない時は、みんなと一緒にスタンドから応援です。

普段は、身近な人たちとしか関わりがありませんが、大会に参加したことでいろいろな人たちの頑張っている姿を見ることができました。

大会スタッフの方たちとも素直に接しています。
作業所の先輩たちにもかわいがられています。
少し離れたところで見ていたお母さんは、
少し成長したミーたんの姿を見て、嬉しく思いました。

家に帰って、ミーたんは、お母さんに銅メダルを見せました。
お母さんは、そのずっしりした重さをかみしめました。
お母さんの目には、ちょっぴり涙が浮かんでいました。
ミーたんからの重い重いプレゼントとなりました。
タタタタ タ〜

これは、毎年春に東京都が主催しているスポーツ大会での話です。駒沢公園という大きな公園の中にあるとっても大きな競技場で行っています。東京都も障害者のために頑張ってくれていることが理解できますね。

私は、「フライングディスク競技」という競技に参加しました。作業所で練習をしてきましたがなかなかうまく輪の中に入れることができませんでした。本番では、3回も入ったので自分でもちょっとびっくりでした。この競技に参加している人は数え切れないほどたくさんいましたが、一緒に投げた8人の中で3番目だったので銅メダルをもらえることになりました。

表彰台でメダルを首にかけてもらった時は嬉しかったです。お母さんとお父さんは遠くの観客席で見ていたので、3番目だったのが分からなかったようです。お家に帰ってお母さんに銅メダルを見せたら、びっくりするほど喜んでくれました。お父さんも、「ミーたん、スゴイ、スゴイ、スゴイ」とやたらと褒めてくれたので、ちょっぴり恥ずかしかったです。でも、そんなふうにお母さんとお父さんから褒められると、やはり嬉しいですね。そして、少しばかり自信になりました。また、来年も頑張ってみたいな、と思いました。

「自己肯定感」という言葉があるそうです。「褒めて、伸ばす」という言葉もあるようですね。我が家では、お母さんもお父さんもちょっとしたことで私を褒めてくれます。たまにお母さんから叱られてしまうこともありますが、それは私のことを思って叱ってくれているのだと思っています。叱られるのが10だとすると、褒められるのは100以上だと思います。私は当たり前のこと、と思っていても、やはり、褒められると嬉しいし、やる気が出てきますね。そして、私のことを認めてくれているんだな、と思います。そんなお母さんやお父さんのことが、私はとっても大好きです。

次に、私が住んでいる自治体で行われる障害者のスポーツ大会の話に移ります。スポーツ大会といっても、行われている競技のことを考えると「運動会」といってもいいような大会です。

ミーたんは、少し変わったところがあります。
でも、本当は「天使」なんです。

ある日のことです。
地域の自治体が主催するスポーツ大会が開かれました。
たくさんの作業所や福祉園の人たちが集まっています。
玉入れやパン食い競争、大玉転がし、徒競走、いろいろな競技が行われます。
参加した人たちは、誰もが一生懸命です。

ミーたんは、というと、

パン食い競争が一番の楽しみです。

あんぱん、クリームパン、チョコレートパンがひもにぶら下がっています。

ミーたんの目標は、クリームパンです。

ミーたんの目は、50メートルほど先のクリームパン1点に集中しています。

「よーい、どん」の合図とともに、ミーたんは勢いよく走り始めます。

タタタタ タ〜

誰よりも早くクリームパンにたどり着き、パクリ。

お母さんもお父さんも一緒にスタートしました。

しかし、ミーたんの速さには、とてもついていけません。
二人がパンにたどり着いた頃、
ミーたんは、ニコニコして自分の座席のあるテントに向かっていました。

ミーたんは、徒競走でも全力で走りました。
全力で走ったので、ズボンが脱げそうになってしまいました。
ゴール近くで写真を撮ろうとしていたお母さんは、
その姿を見て、思わず笑いこけてしまい、
写真を撮ることができませんでした。

ミーたんは、玉入れや大玉転がしでもみんなと一緒に参加しました。

「エイッ、エイッ」

ミーたんは、何をするにも一生懸命です。

ミーたんのそんな姿を見ては、お母さんは今日も幸せを感じるのです。

タタタタ タ～

地域の自治体が主催するスポーツ大会は、東京都のスポーツ大会と違い、ほのぼのとした運動会のようで、私は大好きです。小学校の運動会などでは、カメラパパたちが走り回っていますが、ここでは、みんなが一生懸命に走ります。カメラパパたちはカメラに記憶を残しますが、ここではみんなの心に記憶を残します。みんなが一生懸命なので、自然と心に残るのです。私のパン食い競争もそうですが、徒競走でズボンが脱げ落ちそうになりながらも全力で走っている姿は、きっとお母さんの記憶に焼き付いてしまったと思います。

ここで忘れてはいけないことを書きますね。東京都のスポーツ大会でも自治体のスポーツ大会でも、ボランティアさんたちがたくさん来てくれています。なので、私たちは一生懸命に競技に参加することができます。もし、主催者や作業所のスタッフさんだけだと大会を運営することができません。だから、私はボランティアさんには、感謝、感謝、感謝です。以前、「おもてなし」という言葉が流行りました。昔は、「向こう三軒両隣」という言葉もあったそうです。最近は、お隣さんのことを知らないで過ごしている人が多くなっているようです。他人のことを思いやったり、お互いに協力し合うことは大切ですよね。お父さんが「仏教の言葉に、一切衆生悉有仏性（いっさいしゅじょうしつうぶっしょう）という言葉があるよ」と言っていました。「すべての生きとし生けるものは、仏様になる資質がある」といった意味だそうです。仏様にならなくても、みんなが人や動植物を大切にする心を持って生活できたらいいですね。災害などがあるとボランティアさんたちが集まってきます。私にはできないことなので尊敬してしまいます。

鏡よ、鏡

あと2つくらい、お父さんのポエム風の文章を紹介しようかな、と思っています。次の話は、私の大好きな鏡のことです。お父さんは、そんなふうに私のことを見ていたんだなぁ、と思った話です。

ミーたんは、少し変わったところがあります。
でも、本当は「天使」なんです。

ある日のことです。
ミーたんは、お母さんと一緒にスーパーマーケットにいます。
お母さんは、「今晩のおかずは何にしようか?」と悩んでいます。
ミーたんは、お母さんのそばで、ニコニコ、ニコニコです。

ふと、ミーたんの目に入ってきたものがあります。
大好きなお菓子ではありません。
試食品のおかずでもありません。
鏡です。
ミーたんは、鏡とお友達なのです。
鏡を見つけると、スタスタと鏡の前までやってきます。

「鏡よ、鏡、世界で一番かわいい女の子は、だ〜れ?」

「はい、それは、ミーたんですよ」

そんな会話を、ミーたんは鏡を相手にしているようです。


ミーたんは、家の中でも、家の外でも鏡を見つけると話しかけに行きます。

「鏡さん、今日のミーたんの笑顔は、かわいいと思いますか？」

「今日も、ミーたんの笑顔は、かわいいですよ」


でも、いつも、「かわいいですよ」と言われるとは限りません。

「ちょっと、眠そうですね」とか、

「今日は、少しご機嫌斜めですか？」とか。

ミーたんは、鏡とお友達なので、「今日も、かわいいね」と言ってもらいたいのです。

そんなミーたんだから、いつも天使でいられるのですね。

タタタタ タ〜

私が好きなものを3つあげるとしたら、1番目は、なんと言ったってお母さん。2番目が、ご飯やお菓子などの食べ物、3番目が鏡かな。

私は、どこに行っても鏡があれば、自分の顔をチェックします。やはり女の子ですから、いつもかわいい女の子でいたいですからね。ちょっと機嫌が悪かったりした時には、鏡を見ないようにしています。だって、絶対にイヤーな顔をしていますよね。鏡はその時の自分の心を映していると思います。お母さんとお父さんの会話で、たまにこんな話を聞くことがあります。「顔を見るだけで、その人の性格が分かりますね。優しい人は、顔から優しさが伝わってきますね」と。そういえば、お父さんは、「僕は、若い女性にはモテないけど、小さな子どもとお年寄りにはモテるんだ」とお母さんに話すことがあります。「浮気なんかはできないよ」という意味もあるようなんですが、お母さんは、「最初に会った時、優しそうな人だなぁ、と思いましたよ。一緒になって正解でしたよ」なんて、二人でのろけるのはやめにしてもらいたいですね。

そういえば、私のお家のキッチンには、「今さら結婚なんてやめた方がいいよ、と周りから言われたけれど、僕たちはずっとずっとラブラブだよ」といった内容の張り紙が貼ってあります。お父さんが勝手に貼ったのですが、確かに二人が結婚して5年以上経っても幸せそうにしています。最初の頃に書きましたが、我が家ではことあるごとに「ありがとう」という言葉を使っています。そして、ことあるごとに二人は「一緒になって幸せですよ」と言い合っています。ほんと「ありがとう」という言葉は、幸せになる魔法の言葉ですね。

鏡を2枚、向かい合わせに置くとお互いの鏡が映し合ってず〜っと鏡が鏡の中に映し出されますね。この鏡のようにお母さんとお父さんは、お互いに愛し合うことで、ずっと、ずっと、ず〜っと幸せでいられるんだなぁ。二人を見ているとそう思います。そんなお母さんとお父さんのことを、私は「愛の合わせ鏡」と密かに呼んでいます。だから、私も、ず〜っと幸せな生活ができると思っています。

「何事でも、自分にしてもらいたいことは、他の人にもそのようにしなさい」。キリスト教の黄金律（根本的な倫理、教え、教訓）というものだそうです。お母さんもお父さんもお互いにこんなことをやってもらいたいなぁ、と思っていることをやってあげているように見えます。お母さんは、よく「それは、お父さんの担当ですから」と言って、お父さんに頼みます。一見、やらせているように見えますが、お父さんはそうした言葉にプラスして、お母さんが望んでいることを叶えようとしています。だからと言って、お父さんは、「お母さんの担当だから」という言葉は使いません。なぜなら、お母さんはお父さんが望んでいることを先回りしちゃっているからです。（お母さん、スゴイ！）だから、お父さんも、お母さんが「やってもらいたいなぁ」と思っていることを一生懸命に先回りしようとしているように私には思えるのです。

私が、鏡に向かって黙って話しかけると鏡が応えてくれるように、二人は応え合っていますね。でも、お父さんは、お母さんの望みは、あっちに行ったり、こっちに行ったりするので、お父さんはそれについていけなくて、お母さんに叱られてしまうことがしばしばです。そんなふうにお母さんに叱られている時のお父さんは、意外にかわいいです。そして、お父さんもお母さんに叱られるのを楽しんでいるようにも見えるから面白いですね。

「やってみせ、言って聞かせて、させてみせ、ほめてやらねば、人は動かじ」

これも、お父さんの好きな言葉です。山本五十六《いそろく》（太平洋戦争時の連合艦隊司令長官）という人の言葉だそうです。

私は、何か新しいことをする時には、誰かの真似をして覚えていきます。作業所での仕事は、先生たちがやり方を見せてくれるので、その通りに覚えていきます。自分で新しいことに取りかかることはできませんが、覚えてしまえば先生たち以上に綺麗に仕事をしていくことができます。私は、覚えるのが早くて仕事も丁寧なので、作業所のみんなに褒められます。すると、私は上機嫌になり、また頑張って仕事をすることができます。鏡が正確に私の動きを真似してくれるように、私も誰かの動きを正確に真似をして覚えていきます。覚えたことは忘れないので、作業所では私は重宝がられているようです。私ってすごいですよね。

ついでですが、山本五十六さんの言葉には続きがあるそうです。

「話し合い、耳を傾け、承認し、任せてやらねば、人は育たず。やっている、姿を感謝で見守って、信頼せねば、人は実らず」

お父さんが好きな言葉、私も好きになりそうです。

お母さん、大好き

お父さんのポエム風の文章もこれで最後にしますね。ちょっと悲しい話ですが、最後に素敵な言葉を紹介しますので、ここでページをめくるのをやめないでくださいね。

ミーたんは、少し変わったところがあります。
でも、本当は「天使」なんです。

ある日のことです。

お母さんのスマホが鳴りました。

お母さんの実家からの電話です。

おじいちゃんが亡くなったという連絡でした。

真夜中の電話でしたが、お母さんとミーたんはすぐにお母さんの実家に向かいました。

おじいちゃんは、とてもやさしい顔で横になっていました。

ミーたんは、そのやさしい顔を見て「おじいちゃん、寝てる」と言いました。

お通夜の前には、「湯灌（ゆかん）」といって、「送り人」さんが、おじいちゃんの身体を清め、向こうの世界への旅支度をしてくれました。

家族みんなで、その様子を静かに見ていました。
ミーたんはニコニコとしながら、「おじいちゃん、寝てる」。
そう、確かにおじいちゃんは、やさしい顔で寝ています。
お通夜が始まる頃には、久しぶりに見るおじさんやおばさんたちが来ていました。
お寺のご住職様のありがたいお話と読経が終わりました。
棺の窓からは、おじいちゃんの顔を見ることができます。
おじさんやおばさんたちは、おじいちゃんの昔を思い出しながら一言、二言。
ミーたんは、ここでもニコニコとしながら、「おじいちゃん、寝てる」。
翌日、告別式も終わり、マイクロバスで火葬場に向かいます。
火葬場に到着すると、係の人に連れて行かれ、最後のお別れの場です。

ミーたんは、少し悲しそうに、「おじいちゃん、寝てる」。
1時間ほどすると、おじいちゃんはお骨になって出てきました。
ミーたんは、お姉ちゃんと一緒におじいちゃんを骨壺へお送りしました。
葬儀場に戻ると、おじいちゃんを偲んでみんなで食事です。
ミーたんは、いつもと変わらず、おいしそうにパクパク、パクパク。
写真姿のおじいちゃんも、思わずニッコリ、としたような……。
タタタタ タ～

お母さんのお父さんが亡くなってから、数年後にお父さんのお母さん

も亡くなりました。とっても悲しいことなので、みんな言葉少なになります。そんな時に、場を和らげるのが私の役目になります。特に何かをするわけではないですが、シーンとなった時には、いつの間にか私が話題の的になります。私は、周りの人たちを癒す力を持っているのかもしれません。そういえば、お母さんはよく「ミーたんを見ていると元気が出るなぁ」と、私を見てはそんな言葉を口にします。お父さんも、私の顔を見ると、元気いっぱいの声を出していますね。でも、お母さんやお父さんが、私のことを大切にしてくれているので、いつも笑顔でいられるのです。最初の頃に、お父さんが「笑顔」ではなく、「咲顔」だとこだわっていた話をしましたが、私がみんなを「咲顔」にできるのは、お母さんとお父さんが仲良くて、二人して私を大切にしてくれるからだと思っています。

「親という文字は、木の上に立って見る、と書きます。旅立つ息子の姿を遠くまで見ていたいので木の上に登ってまで見送りたいという親心を表している」という話を聞いたことがあります。本当かどうかは知りませんが、親心というのはそういうものなのかなぁと、思ってしまいます。

私は、「自閉症」の中でも少し重い方だと思います。だから、私一人では生活することができません。私の家では、作業所にいる時以外は、必ずお母さんかお父さんがそばにいてくれます。家にいる時には、一人でタブレットを楽しんでいることが多いですが、どこかに出かける時には、お母さんの手を握り、お父さんがくっついてきます。「子離れ」ができていないようにも見えます。でも、本当は、私が「親離れ」ができないのです。「親離れ」しないといけない、とは思っても甘えてしまいます。

お父さんが大好きな言葉を最後に紹介することにしますね。

乳児はしっかり肌を離すな。
幼児は肌を離せ、手を離すな。
少年は手を離せ、目を離すな。
青年は目を離せ、心を離すな。

素敵な言葉ですね。私は、もう20代後半になりますが、手も、目も、心も離されることなく生活しています。だから、私はお母さんのことが大好きです。そして、お父さんのことも。

あとがき

いかがでしたか？　ミーたんの見ている世界を通して、知的障害や自閉症のことを少しでもお伝えできていたら嬉しいです。

あくまでもきっかけです。障害者がすべてミーたんのようなことをするわけではないと思います。障害のある方でも極めて高い能力を発揮する方もいれば、身辺の世話をしてもらわなければならない方もいらっしゃいます。世界の八十数億の人、みんなそれぞれ違います。クローンでもない限り、似たような人がいても全く同じ人間はいないわけですから、お互いに理解し合うことが大切だと思うのです。

私は、ミーたんと妻と生活をするようになって、日々、「幸せ」を感じています。ミーたんと妻の会話（会話として成立しているわけではありませんが）をそばで聞いているだけで、「幸せ」だと思うのです。海外旅行に行ったこともありません。豪邸に住んでいるわけでもありません。金銀財宝に囲まれているなんてこともありません。住む家があって、生活に困らないだけのお金がある程度です。でも、考え方次第で毎日が「幸せ」になります。

ミーたんとの生活は5年以上になりますが、毎日を「咲顔（えがお）」で暮らすことができています。これから先も、きっと「咲顔」のある家庭生活を送っていることでしょう。皆様も、毎日の生活が「咲顔」でありますように。

著者プロフィール

桜 べん（さくら べん）
1956年生まれ、東京都出身。
2019年にミーたんの父親となる。

私の名前は、ミーたん。知的障害者です。

2025年4月15日 初版第1刷発行

著 者 桜 べん
発行者 瓜谷 綱延
発行所 株式会社文芸社
〒160-0022 東京都新宿区新宿1－10－1
電話 03-5369-3060（代表）
03-5369-2299（販売）

印刷所 TOPPANクロレ株式会社

©SAKURA Ben 2025 Printed in Japan
乱丁本・落丁本はお手数ですが小社販売部宛にお送りください。

送料小社負担にてお取り替えいたします。

本書の一部、あるいは全部を無断で複写・複製・転載・放映、データ配信することは、法律で認められた場合を除き、著作権の侵害となります。

ISBN978-4-286-26362-5